글 · 그림 박다솜

부산에서 태어났습니다. 이화여자대학교에서 응용 미술을 공부하고 디자인 회사에 다니며 그림책 작가의 꿈을 키웠습니다.
그 꿈을 감사하게도 첫 번째 그림책 〈가족이니까요〉로 이루었습니다.

작고 무해한 것들을 좋아합니다. 작가의 집에는 작고 무해한 귀여운 새들이 함께 삽니다.
그들은 맛있는 것을 달라고 조르고 먹으면서 졸다가, 가장 좋아하는 간식을 꺼내 보이면 실눈을 갑자기 제일 크게 뜨고 날아옵니다.
이런 모습을 보고 있으면 길에서 매일 마주치는 작은 생명들도 달리 보게 되고, 귀하게 여기게 됩니다.

오랜 시간 동안 세상에 나오기를 기다려 온 앵무새 땅초.
그동안 차곡차곡 쌓아온 땅초의 힘으로 이 도시의 작고 무해한, 그리고 안타까운 친구들의 사연을 많이 들어줄 수 있기를 바라고 있습니다.

땅초의 마법

초판 1쇄 인쇄 2022. 12. 15
초판 1쇄 발행 2023. 01. 12

글 · 그림 박다솜
발행인 윤혜영
마케팅 구낙회
펴낸곳 로앤오더
주   소 (우)04778 서울시 성동구 왕십리로 125, 4층 421호
전   화 02-6332-1103   팩   스 02-6332-1104
이메일 lawnorder21@naver.com   블로그 blog.naver.com/lawnorder21
포스트 post.naver.com/lawnorder21   페이스북 · 인스타 @dalflowers

달꽃 은 로앤오더의 출판브랜드입니다.

ISBN 979-11-6267-312-6   정   가 16,000원

〈땅초의 마법〉은 2020년과 2021년 한국콘텐츠진흥원의 창의인재동반사업과 사업화 지원사업을 통해 창작한 작가의 두 번째 그림책입니다.
2020년 해당사업 그림책 부문 최우수 작품으로 선정되었습니다.

어린이제품안전특별법에 의한 제품 표시
제조자명 달꽃 제조연월 2022년 12월 제조국 대한민국 사용연령 5세이상 어린이
주소 및 연락처 서울시 성동구 왕십리로 125, 4층 421호 02-6332-1103

땡초의 마법

박다솜

달꽃

잘 먹겠습니다!

꼬 르 르 ㄱ

ㄸ댕쵸야! 너도 땅초 먹게?

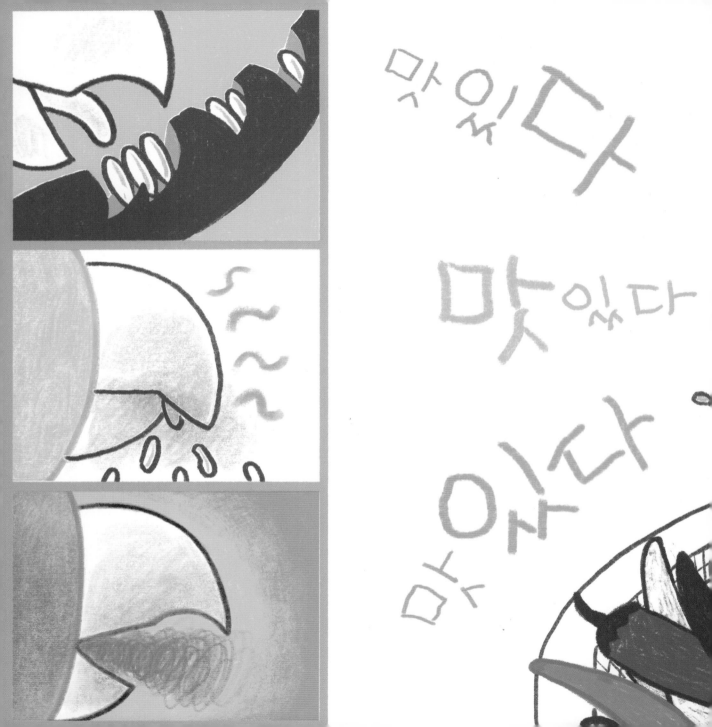

톡톡
토도독톡
톡톡
오도독
오도독
땡초야!!!
사각
사각
톡톡
톡톡
톡톡
사삭
톡톡톡
오독오독
오도독
톡톡톡
톡톡톡
톡톡토독
톡
토도독
톡
톡톡톡
톡톡
톡톡
삭삭
아삭
아삭
토도독톡
토독톡톡
톡톡톡
톡톡
토독
오도독
톡톡톡

우와~ 땡초야! 우리 동네가 다 보여!

땡초야! 저기 좀 봐!

발을 다친 비둘기 들이 너무 많아!

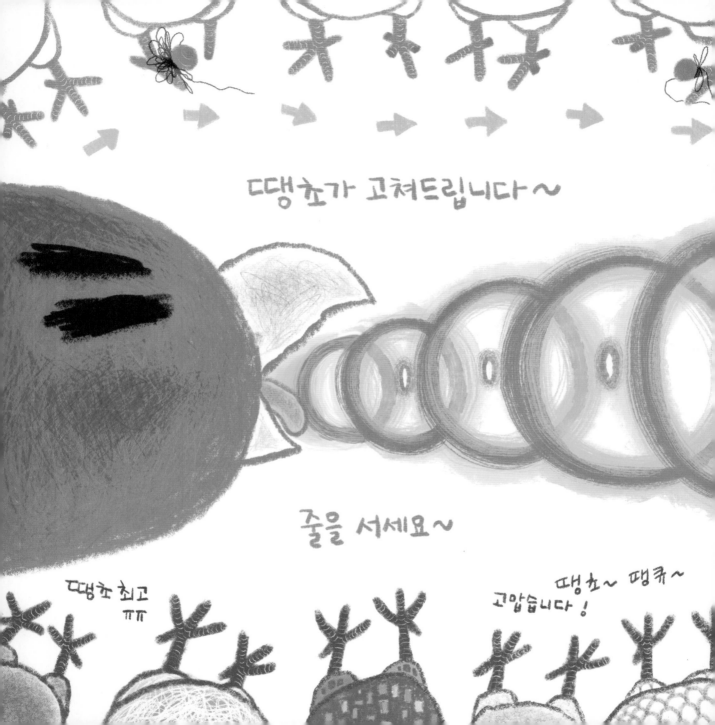

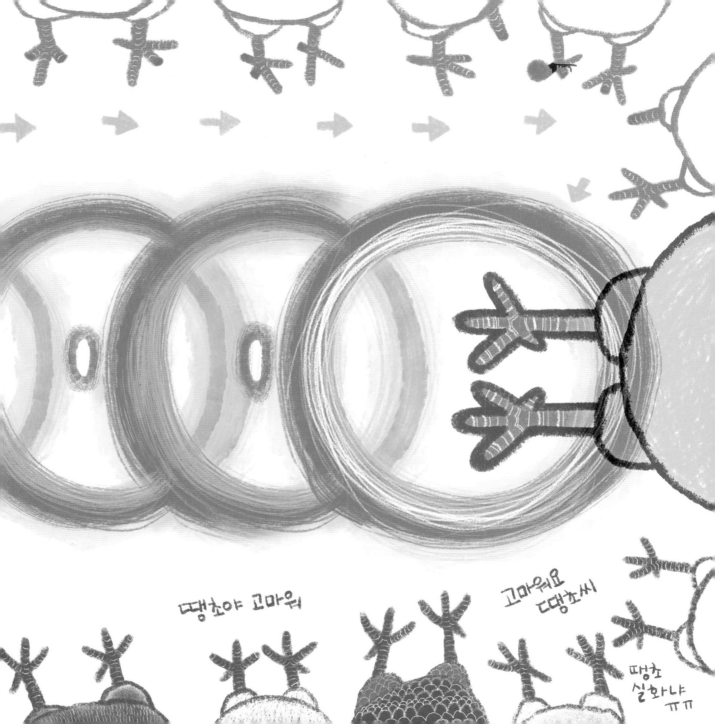

땡초야!
저기 좀 봐봐!
고양이가 위험해!

땡초야,
새 들에게 우리가 너무 늦은걸까?

땡초 덕분에 늦은 게 아니었어!

이제 새들은 더 이상
유리벽에 부딪치치 않을 거야

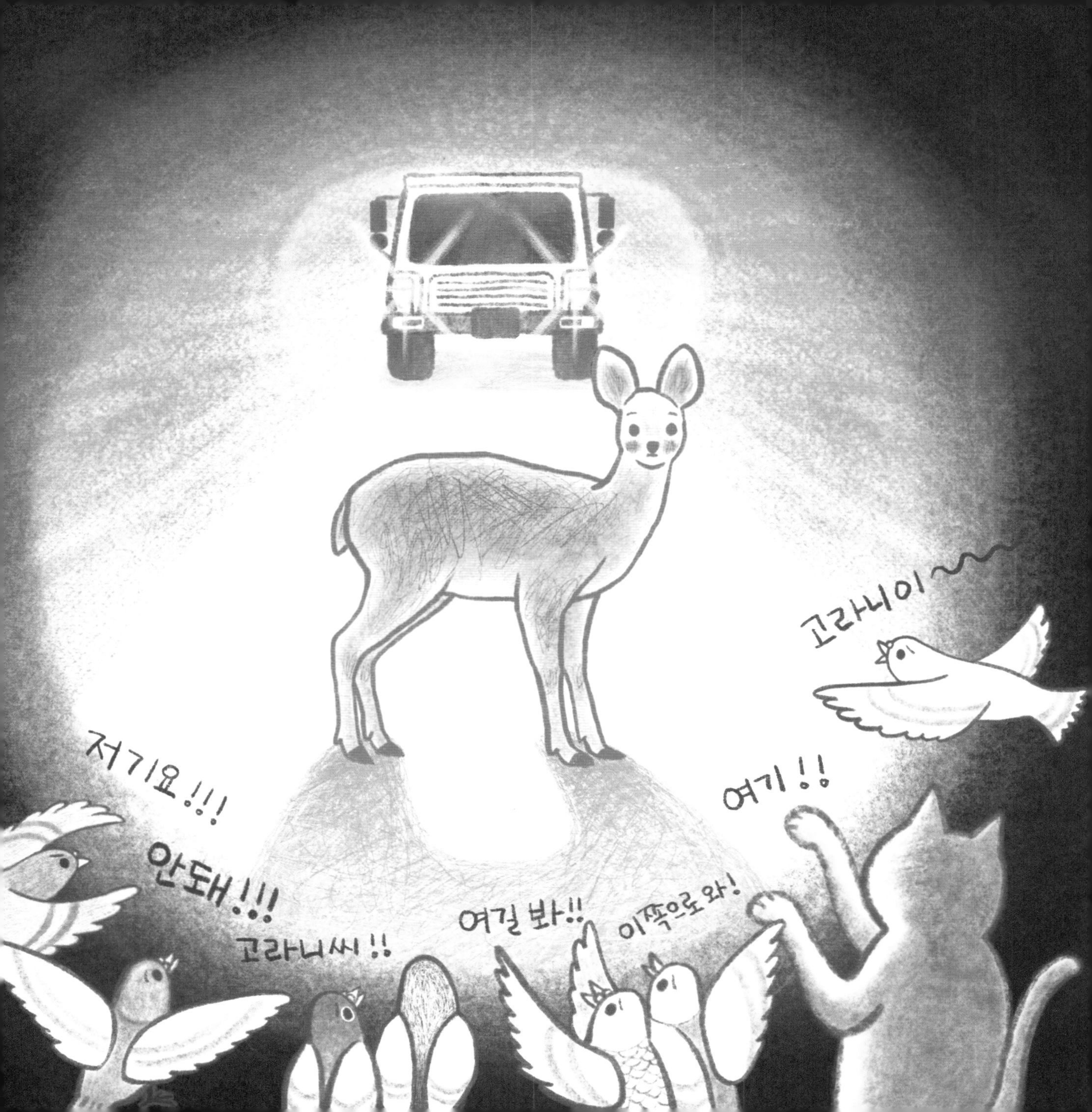
고라니이~
저기요!!!
안돼!!!
여기!!
고라니씨!!
여길 봐!!
이쪽으로 와!

휴, 다행이다!

어디지 ?

MART

TOY SHOP

SA LE SA LE SA LE SA LE SA LE

한 번만 더!

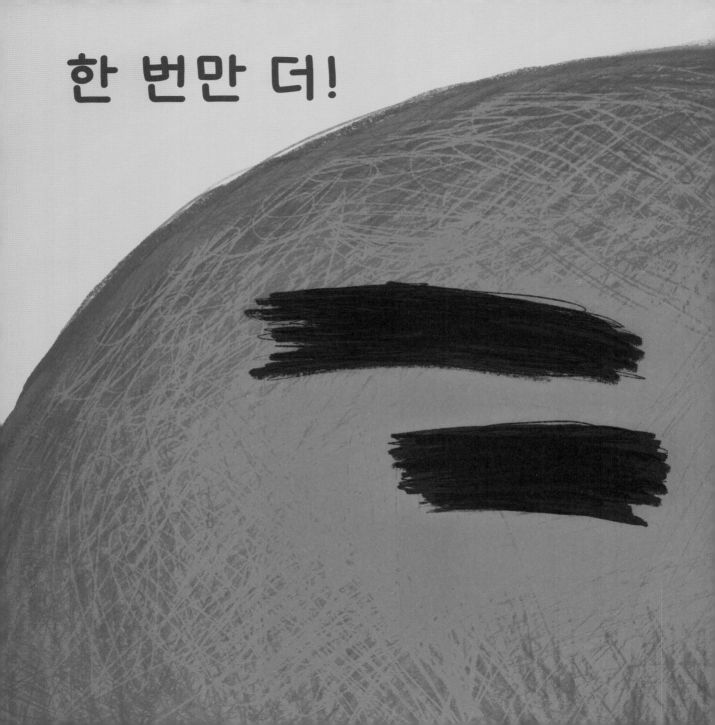

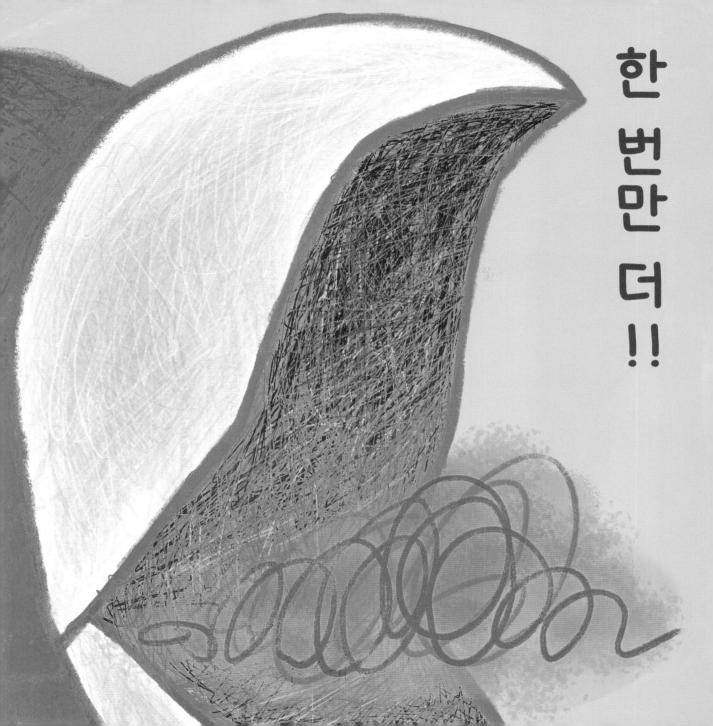

한 번만 더 !!

까아
까
까아
구구
구구
꾸구구
삐요옹
삐익
꾸구구
삐비삐비
째 액—
까아
까까
꾸꾸
끼잉
구구구
꼬벅
푸르르
읏챠
냐아
구구
구구

어? 잘 안되네?

이게 뭘까?

땡초야!
네 깃털로
내가 열어볼게!

철컹!

애들아 안녕~!

이제 너의 행복을 찾으렴

......

"땡초야! 고마워 ♥"

이제 집으로 가자!

우리 내일은 어디로 가볼까?

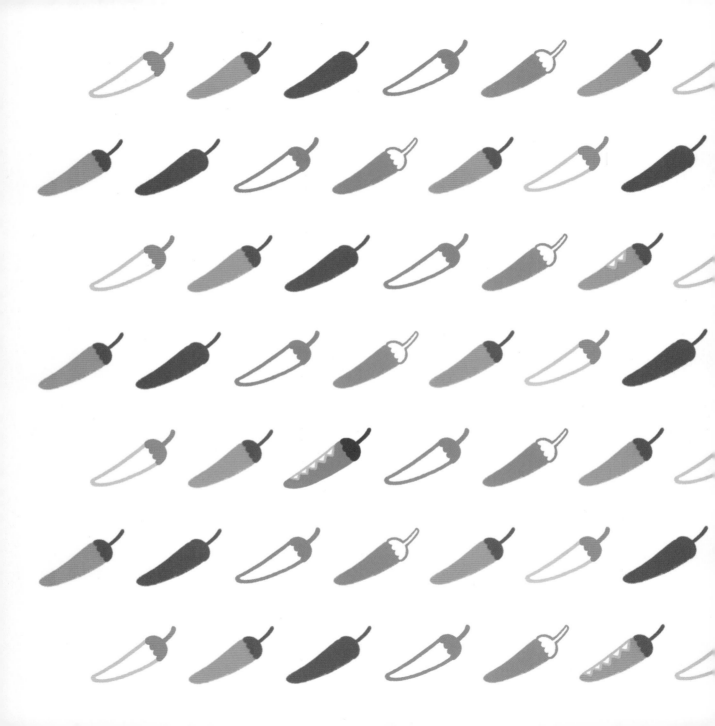